涛是风的声音

何建文　胡伟民　著

百花洲文艺出版社
BAIHUAZHOU LITERATURE AND ART PRESS

图书在版编目（CIP）数据

涛是风的声音 / 何建文，胡伟民著 . -- 南昌 : 百花洲文艺出版社，2020.8

ISBN 978-7-5500-3792-2

Ⅰ. ①涛… Ⅱ. ①何… ②胡… Ⅲ. ①诗集－中国－当代 Ⅳ. ① I227

中国版本图书馆 CIP 数据核字 (2020) 第 134814 号

涛是风的声音　何建文　胡伟民　著

出 版 人	章华荣
责任编辑	杨　旭
装帧设计	文人雅士
出 版 者	百花洲文艺出版社
地　　址	南昌市红谷滩新区世贸路 898 号博能中心一期 A 座 20 楼
电　　话	0791-86895108（发行热线）0791-86894717（编辑热线）
邮　　编	330038
经　　销	全国新华书店
印　　刷	深圳市德信美印刷有限公司
开　　本	880 毫米 ×1230 毫米　1/32
印　　张	7.25
版　　次	2020 年 8 月第 1 版第 1 次印刷
字　　数	150 千字
书　　号	978-7-5500-3792-2
定　　价	68.00 元

赣版权登字　05-2020-113

前言

FORWORD

“诗者，以切挚高妙之笔，具有音律之文，表示人之思想感情者也”（吴宓）。于我而言，诗还是灵魂的分泌物。诗是烦琐又平淡的生活中的浪花，是生命绚烂色彩的绽放，是思想和世界观的有机又动感的集合；也是喧闹中的小憩，快节奏创造工作中的浪漫而自在的放松。诗意兴起，我时常体会到创新的顿悟接踵而来。

生活中诗情无处不在。一束百合、一片游云、一阵秋风、一袭长发、一个回眸、一杯咖啡、一点烛光、一声远方的问候，等等，无不带着诗情画意。也有人说“红葡萄酒是瓶装的诗”，我深有同感。诗是一种品位，一种世界观，也是一种力量。

我们六十年代出生的人，遇到中国近代史上变革的时代。从小我就喜欢唐诗宋词和当代诗词，诗歌萌芽在心。我的中学正值七十年代末期，周日经常要给学校和班级出板报。诗歌是我最喜欢的形式，简单而抒情。八十年代初，许多青年人踏上“文学小道”，涌现出不少朦胧诗人，其中有许多为我所喜欢，如舒婷、顾城、北岛、赵丽宏和海子等等。他们的诗集充满了时代感：向上、浪漫、幻想、淳朴和思辨，也有些带有“文革”后的伤痕和淡淡的忧伤。这些诗集一直让我爱不释手，有些诗我熟稔于心，如舒婷著名的《致橡树》和赵丽宏的《大海，我的朋友》。此外，一些外国诗人，如拜伦、莱蒙托夫、裴多菲等，也深深地影响了我们这一代人。

当代科技发展迅猛，科技产品日新月异，其中以互联网和大数据的应用最为突出。科技正越来越快地改变我们的生活习惯，影响我们的思考，也渐渐改变我们的文化生活。网购、电玩、快餐文化、移动电话和电子设备推生出各种应用软件，促生新的生活观念和学习方式。在享受高科技带来的丰富的物质生活和多样平台的精神生活的同时，我总感觉缺少了什么，忽略了什么。思来想去，我发觉当代人属于自己的时间少了，独立思考和享受寂寞的时间少了，对文字的深度解读少了。 我们需要思考，需要情怀，还真的需要诗和远方。

现代的生活中需要古老的石阶铺垫，需要爬满苔藓的墙脚衬托，需要充满回忆的年轮，需要再也看不见的发条和纺车，需要隔壁的琴声，需要落花，需要微飔，需要精神释放和灵魂地解脱。

《涛是风的声音》也是我们这一代人对自然和人生的认知和感悟，是一种激荡时代的回响，是对变革发自内心的共鸣，是经历最美好人生时段和时代共奏的乐章，是爱的呼唤。希望这样的声音能触动当代年轻人更多的人生价值思考。我们的世界原本多彩，我们的内心原本丰富，我们的未来充满期待。

感谢我的大学本科室友美国约翰霍普金斯医院教授及南方科技大学医学院院长邢明照博士题序，硕士室友上海国际医学中心医学影像科主任兼首席医师郝楠馨教授慷慨提供的碳铅速写及江西籍著名画家章新农大师提供的‘章竹’作为插图，令本书锦上添花。

本诗集共同作者胡伟民先生是我高中同学，胡先生也是一位生活中的诗人。他总是在平常的生活中看到人生的最精彩的浪花。前些年，他出版了自己的第一部诗集《梦里落花》，此后，又有一些新的诗作。2020年春节期间我们聊天时，我建议我们一起出一本诗集，伟民同学欣然同意，并乐意为此联系出版社。非常感谢老同学的友情和合作。

最后，特别感谢我父母的养育之恩以及家人对我的支持和爱。

因为水平有限，谬误在所难免，请朋友和读者斧正。

何建文

2020年7月 于广东深圳

序言 PREFACE

欣闻同窗好友建文君要出版自己的诗集，兴奋不已，喜悦洋溢。其实，早就知道他的天赋诗才，美篇锦集今日出世，也是在期望中的。在建文君天性乐观的阅世视野里，万物皆灵性；在他永远浪漫的细腻笔下，一切都至美。这不，本诗集《涛是风的声音》，其浪漫之名所散发的灵性，已足够引人入胜、惹人神往了，且不说里面选载的每一篇都是精美佳作，读后让人不能释怀，回味无穷。 当建文君邀我为本诗集作序时，我尽管受宠若惊,还是欣然接受了。

我与建文君相交已四十余载。少年懵懂之时，我们同步进入上海的医学院，同窗同舍五年。之后又都远飞北美求学、求业，近年又先后归巢，双双栖居深圳，欲续人生前半旧弦，也想试谱后半新章。两人人生轨迹这般交合，让我感叹上天安排之巧哉，也感激其对人生挚友之厚顾。我们从少年不识愁滋味到后来尝透酸苦已无觉，一路同步走来，如同梦幻。在这个路上，我无形中时常受着建文君的鞭策和激励。且不说钦佩他在生物医学领域中的深厚造诣，更崇敬和羡慕他可随时随地从生活的小细缝里拈来美诗佳作的天赋。这种诗才天赋，给建文君带来乐观浪漫的生活豪气和细致入微的审美风格，也造就了他百折不挠的胸怀和气宇。斑斓绚丽在生活和自然中无处不存，但需要浪漫之人去捕捉，建文君恰属此类。其实，他的浪漫诗情之气，在他灿烂的少年时代，就已崭露头角。记得那时我们大学同舍时，我俩都睡上铺，每晚头对头就寝前，他常会背首当时流行的朦胧诗人的新作或唱支抒情歌曲，我和其他同舍同学会在他动人的朗诵或柔情的歌声中甜甜入眠。后来，果不其然，建文君自己成了业余诗人，其浪漫得以升华，佳作频出，也成就了他今天的这个诗集。

如本诗集所载，建文君的诗，以自由体多现，优美流畅，自由奔放，浪漫洒脱，意深境旷。每当有新作产生时，他会与好友不吝分享，我是常户受飨者。在无人打扰的周末，在海滩明媚的阳光下，静心细读他的诗作，芬芳溢香，沁润甘畅，让人身心舒松，灵绪弛张。当然，读他的诗，也经常会在不经意中学以哲理，受以正气，启迪人生，开怀激情。我初到深圳操创新业之时，他专为我创作的收入本诗集的《赠明照》一诗就是一例，让我爱不释手。每每读之，不仅丰获艺术享受，也会茅塞再开，对生活又有领悟，奋进激情油然再燃。

像建文君许多诗里蕴涵的，人生无常：它像风，有时会狂飙巨暴，有时会微风细和；也像涛，有时会巨浪滔天，有时会微波轻漾。这实则是在建文君诗里看到的波澜壮阔中交织着温馨和璀璨的浪漫人生。他诗作的主旋律，是赞美人的生活和自然中的美丽和和谐，踩着这个旋律，我们更会去平静地感受和享受微风的温柔与细涛的和声。不妨，挑个平常的日子，伫立在海边眺望和倾听，现实版的最美发现应会是：微风驱动着波涛，而波涛又伴奏着风声，二者和谐交融，美轮美奂。这不就是人生中诗和生活姻联的浪漫吗？诗来自灿烂的生活，而又让生活更加灿烂。建文君的篇篇诗作应该就是这样诞生的吧，我在读着他的佳作寻找和欣赏生活中的美丽和浪漫。

邢明照

医学博士

南方科技大学医学院院长

美国约翰霍普金斯大学医学院终身教授

目　录

建文诗集 jianwen´s poetry

涛是风的声音

伟民诗集 weimin´s poetry

建文诗集

涛是风的声音

风是涛的影子
涛是风的声音
月亮悄悄地看
月亮悄悄地听

So clear
Near hear

呼吸的气息
心动的节律
随风涌动
随潮落起

So dear
Near tear

2019.11.

赠明照

（注：大学室友明照自美国约翰霍普金斯医学院来深圳南方科技大学履新）

明知又是一段崎岖
照旧选择前行
无畏舍弃
无畏分离
行者来不及稍息
追梦者从无止境
抬头仰望灿烂星空
命运继续在脚下演绎
没有归途
没有顾忌
行远无轻担
大觉最具情怀
也最释放
大爱本无疆
以行动诠释生命价值
最浪漫也最实在

2019.9.

闪电

你的名字
如闪电
划破
我
寂寞的夜空

1999.9.

秋天的树

不是喜欢风吗?

……

为什么

在风中颤抖

在风中凋落

1999.10.

宽恕的本质

是
打开禁锢的枷锁
以
释放真正的自我

2001.2.

融化的生命

冰释的瞬间
我看到
她泪流满面

2002.3.

虹

含泪的
天空
对
阳光的
一句彩色的
解读

2003.5.

为人父母

上帝
用孩子来雕琢
父母

孩子成长
揭示
父母本相的过程

2003.6.

雷雨

轰鸣的
掀起
乌云密布的
天幕

雨
就在风中欢快的
登场

奏响
蓝色的
乐章

2004.7.

有雪的冬季

（这一年美国明尼苏达的冬季特别冷而且多雪， 离开故乡很多年，特别思乡）

一只离群的大雁
在空中寻寻觅觅
忽高忽低
忽慢忽疾

向下，看地如天
向上，看天如地
白雪皑皑
冰天雪地

天地一色
天地相连
天地间
却寻不到家的踪迹

2007.2.

2020.2.11

天、地、人

苍天穹窿
日月星宿
白云悠悠
繁星烁烁
宇宙茫茫
星云黑洞
融合湮灭
此起彼伏
亘古不变

大地苍然
千岩竞秀
沙漠胡杨
江河湖海
兮兮港湾
云蒸霞蔚
雾霭流岚
层林尽染
无限风光

人间万象

悲欢离合
世态炎凉
千里姻缘
瞬间永远
飞鸟散尽
落花残红
天崩地裂
与我何干

人呵
如此渺小
生命呵
如此短暂
世间一切缤纷绚烂
终归黯淡
眼中万象
皆作一片尘埃
最多缠绵浪漫
也如烟消云散
在人间
天伦尽享
Let Go
所有的得失忧患

谁能说尽那一地鸡毛
Let Go
心头的陈年悲伤
又有谁能丈量那恩恩怨怨

不若，向天举目
仰望，高高在上

2007.3.

没有迟到的季节

鸟儿
欢唱着
从天而降
那地上的雪
悄然离去

春呵，春
我已触及
你的美丽

2007.3.

白天和黑夜

疲惫的白天
阳光裹挟着埃尘
风传递着笛声
城市就是一张年久的网
密密麻麻的路
无处不在的墙
急匆匆的人们
似乎永远回不到故乡

恬静的夜
月光如银透过树梢
花香在黑暗中浮动
看不见颜色看不见路
看不见鳞次栉比的屋舍
只有影子
在路灯下漫无目的地移动

日夜更替周而复始
生生息息以至无穷

白天也许是夜的梦

是夜的心事
夜的惊恐
夜的蓬勃
夜的希望
夜的奋斗

夜也许是安睡的白天
是白天的心思
白天的遐想
白天的期待
白天的安慰
白天的魂

如此
生命可能是
死亡的梦醒
死亡的投胎
死亡的继往开来
死亡可能是
生命的沉寂
生命的长眠
生命的一种无形的存在

模糊的黑白之间
生死并无界线

2007.11.

鼠标和屏幕

我只是给你
轻轻的触摸
你却
把整个世界给了我

2007.12.

一定要找到你

（电影 “10000 BC” 的观后感。它是描写远古时期一个勇敢的男人寻找拯救他的恋人的感人故事，有感而发）

不管走到哪里
我一定
一定要找到你
越过雪山走过沙漠
无惧险滩和沟壑
追寻你的踪迹
我一定要找到你

不管走到哪里
走过时空上天入地
定睛你的光芒
无惧虎豹和陷阱
追寻你的美丽
我呵，我一定要找到你

不管走到哪里
走过四季
无论狂风暴雨冰封飞雪

无论黑暗和深渊
我一往无前所向披靡
追寻你的声音
我一定要找到你

不管走到哪里
我一定要找到你
无惧搏斗无惧流血
无论多么惨烈
追寻你的气息
从恶魔的手中夺回你

亲爱的
我一定要找到你
在灵魂复活的前夕

2008.3.

夕阳

夕阳
无愧于火一样的情郎
以燃烧的胭脂
在月牙含羞降临之际
送上一抹嫣红的暗示

2008.7.

秋夜

秋风
悄悄离开
我的后院
带着我
对故土切切的眷恋

2008.9.

成长的你

孩子，你
不必为生命的短暂而难过
再也不必

死亡只是
生命的另一种形式
如
昼夜更替

2009.8.

2020.2.5

诗是什么？

是心的悸动
是精神的颤抖
是幻想的无拘无束
是灵魂的分泌物

诗，是升华的感悟
是经验朴实的流露
是真理的童话
是自然馈赠的情愫

2009.9.

Peter

（我喜欢孩子，幻想着有个小男孩叫Peter 中文叫彼得,或是大洋彼岸得到的吧…）

Peter
不知道你在哪里
在哪里并不重要
重要的是有了你
在我的生命里
有了你

Peter
不知道你是什么样子
但这也不重要
你不必伟岸魁梧英俊倜傥
也不必行如疾风立如青松
只要
先天的善良和健康

Peter
如果你天生弱小
哪怕是先天残疾

我会更加的惜爱
为你遮挡风寒
和你一起迎接每天升起的太阳
让你同样充满希望

Peter
在你孩提的时候
我们会一起识字一起游戏
一起涂鸦一起捉迷藏
我会给你讲无数的童话故事
和你一起看狮子王和花木兰
夏夜里
一起数星星
一起捉萤火
冬天里
一起堆雪
一起阳光下朗读

Peter
你上小学的时候
我们会一起复习
一起背诵
一起去图书馆和电影院

一起踢球
一起下棋
更重要的是，我们一起谈理想
谈未来
我一定告诉过你
命运从来不是天注定
未来就在自己的脚下
努力不会注定失败

Peter
你上中学的时候
可能会叛逆彷徨
可能对生活不满
可能会逃学
甚至不知路在何方

我也许为你伤心为你落泪
但从来不会放弃
和你一起经历苦难
学会忍耐学会宽容
设定人生的目标
继续追求自己的梦醒
后来，你夜以继日地学习

以弥补失去的时光
再后来，选择了自己喜欢的大学
离开父母
离开家乡

Peter
你可能当过兵
在约束中变得自律
在艰苦中变得更加坚强
在思乡中理解了父母
在集体生活中明白了助人助己的逻辑
也知道了
善良是最基本也是最珍贵的资本
在青春年华
你真正看到了人生最美好的光芒

Peter
我想象中你很聪明
但更加努力
我知道你也曾经失落经常困惑
曾经失望曾经受伤
我看到你跌倒又自己爬起来
看到了在风雨中无畏前行

Peter

作为一个父亲

在你渐渐长大的日子里

我会越来越少的和你交流

一个注视

一个手势

一个微笑

一个有力的拥抱

就是一份父爱

一份理解

一份属于上天赐予的默契

Peter

我知道总有一天

你离我而去

或者是我离你而去

我们都不悲伤

只要你健康快乐幸福

无论在世界的哪个角落

我都会欣慰都会满足

Peter

有你这样的血脉相承

我会庆幸此生
毕竟在永恒浩渺的宇宙中
生命是极其渺小和短暂的
好像尘埃
因此，要特别珍爱

我亲爱的Peter
你在哪里

2009.10.

不要说NO

NO，不要说NO
不要轻易说NO
NO是心里的手足无措
是婉言的接受

不要说NO
不要选择沉默
沉默是一种折磨
是听得见心跳的呼求

不要说NO
不要传递疑惑
疑惑是一种懦弱
是对情感的将就

不要说NO
不要彰显无助
残垣是疾风的归宿
抵抗是对摧毁的诱惑

在这寂静的月色湖畔

请不要再说NO

2011.3.

张丽莉

（献给舍己救人的黑龙江佳木斯第十九中学张丽莉老师）

一朵小茉莉
在生死之间
选择绽放
于是，世间
多了一点芳香和美丽

2012.5.

电话线

思念是那漫长的纽带
在你我之间忽隐忽现

2012.5.

思念（外一首）

思念，如月
晨起，淡淡的挂在天边
如一片远去的云
正午，在喧嚣的尘埃中
忽隐忽现
一旦夜幕垂临
那思念的月儿
渐渐的
渐渐升起
如一颗做梦的心

2012.8.

夜

夜深梦浅
窗外
秋雨点点
情长义短
屋后
秋风缠绵
归去
游云如水
留下
热泪潸焉

2020.1.19

父亲节

透过淡淡的暮色
父亲，我依稀看见
你一身的疲惫
和曾经的沧桑

2012.6.

雾霾的另外观点

或许是巨龙腾飞扬起的尘埃

2013.4.

变化

如果要看天气的变化
看风涌云游
看气温波动
看日月旋转和起落

如果要看四季的变化
看花开花谢
看候鸟迁徙
看层林尽染
看春种秋获
看夏花冬雪

如果要看百年的变化
看街景乡里
看人迹村落
看植被褪去
看田野变成高楼
看海水越来越近

如果要看千年的变化
看城郭盛衰

看国家兴亡
看文化湮灭
看胡杨倒下
看大漠展扩

那么一万年呢
看山川地貌易容
看冰川融化
看考古新发现
看高山流火
看峡谷映月

如果要看亘古
看星辰天际
看黑洞坍塌
看新星闪现
看宇宙红移
看时间凝固

亲爱的，
如果要看不变
那就是爱的恒久

2013.10.

累吗？

累吗？
亲爱的朋友
你追求过星辰
　追求过月光
你追求过云海
追求过晚风
你追求过梦幻
　追求过理想

追求呵，追求
从少年到白发
从南到北
从东到西
跨越大洋
跨越季节
跨越文化
竭尽全力

累吗？
在这西北的干涸的土地上
望着远方

在荒芜的大漠深处
没有月亮
没有污染
不要理想的束缚
不要幸福的负担
不要骄傲的张扬
不要对明天的期待
像风一般自由自在
像沙一样飞扬流淌
没有泪没有苦涩的目光
没有歌没有灵魂的牵强

累吗？
在这秋夜静美的夜晚
看那，满天可以摘下的星星
我只想送给你
一份迟到的平安
和星辰永恒的陪伴

2013.10.

Jenny，红葡萄酒

你开心地笑出声来
只为那装满红酒瓶的诗
在皱眉品尝的时候
它显露出
最丰富的滋味

2013.10.

Luna

（King在美国费城的街头，看到一只无家可归的狗，骨瘦如柴，身上还被烟头烫伤。King把它领回家中，和Monica一起养着这只曾经流泪的狗—Luna）

A few years ago
Homeless a little girl
Without mommy and daddy
Wandering in the street
Lonely and cold
Nothing to eat
At a dark night
Caught by a jerk with a burning butt
Hurt your feet
Life is full of deceit

One day came to you are the Kings
Wrapped you with a sheet
Brough you home with treat
Trained you with patience and love
Now you are disciplined and delighted
Have bone with meat

Run around with a knitted sweater

Enjoy your backseat

Now you are called Luna

Shining and neat

Luna

The World is small but home always sweat

Someday and somewhere

Again, we’ll meet

2013.11.

秋雨、四季

用唾液
封存这个炙热的夏季
好像粘贴一封不要发出的信
让过去成为一帧凝固的记忆
深秋的风捎来阵阵凉意
也捎来爱意
飘洋过海也不疲惫
天涯咫尺就是一个电子默许
冬天不需要期许
在温暖的被窝里
可以听到冬天的声音
在等待春天的日子
让我们开始写故事
雾霾化作春泥
呼吸不再苦涩
窗外淅淅沥沥
黑色不再孤寂
落叶悄悄入地
雪花自由飞舞
不管多么漫长
春天值得等待

在冷热交替中
在幻想和现实中
没有时间和空间的幔子阻隔
却只
想着秋雨
想着秋意

2013.11.

舌尖上的味道

（看《舌尖上的中国》节目有感）

舌尖上的味道
其实就是
历史的味道
文化的味道
回忆的味道
乡愁的味道
梦的味道
泪的味道

舌尖上的味道
也是少年饥饿的味道
孩子盼望过年的味道
暗暗期待远亲来访的味道
窥视邻家餐桌的味道
和同学分享零食
街边蹲着吃烧烤
馋的时候发现囊中羞涩的味道

舌尖上的味道

还是田野花香的味道
摘葡萄寻野果的味道
是炒剩饭拌酸菜的味道
是饥肠辘辘的味道
是期待明天的味道
是游子想家的味道
是妈妈的味道

还有
那慢慢变老的味道
最终
是失去味觉的味道

2014.5.

2020.2.13

小

小小的你
轻轻拿起
却怎么也
放不下去

2014.9.

秋天的雨

秋雨
无声飘落
化作一滴滴的
泪
挂在
片片落叶上
为逝去的季节
伤悲

2014.9.

致胡杨

（注：于在内蒙古额济纳旗，二首致胡杨都是对胡杨生而千年不死，死而千年不倒，倒而千年不腐的性格的致敬）

在与你相遇的瞬间
我看到了自己的肤浅
爱上你
不是因为你的美丽
而是因为你曾经的沧桑
和千年的迎风伫立
你，不移不易
我，不离不弃

2014.10.

再致胡杨

你三千年不忍离去
为了一段逝去的青春
无论荒芜贫瘠
是对蓝天的眷恋
还是对一片湿地的不舍
让你和大漠生死相依
并永远在风中
讲述那凄美的故事

2014.10.

念大漠

（于内蒙古巴丹吉林沙漠。巴丹吉林沙漠里有100多个湖泊，也称“海子”）

是广袤无壤的沙海
还是一尘不染的沙丘
是翻越沙山和沙谷的颠簸
还是珍珠般海子的诱惑
是漫漫夜空中清晰可辨的星座
还是暮色里此起彼伏的对歌
是沙寂沙鸣
还是日出日落
还是畅饮涂鸦
还是新朋故友
是走遍世界的疑惑
还是蓦然发现了灵魂的归宿
巴丹吉林沙漠

风，擦肩而过
风中的驼铃声
却一直伴我左右
我爱你，巴丹吉林沙漠

2014.10.

Let Go（放下）

Let go
或如流星掠过
夜空划痕
或如浮云飘去
难寻踪影
或如飞瀑倾泻
粉身碎骨
也或如夕阳西下
没入山中
生命本是过客
无处不是归宿
Let go
或如燃烧的岁月
逝去的烈火
如我疲惫的心
无力挽留
Let go

2014.10.

去哪儿了?

（由《时间去哪儿了》的歌而升起的感伤）

仿佛昨天还在惆怅
天蓝蓝
时光漫漫
脚步悠悠
梦短夜长
今天却问
蓝天去哪儿了
白云去哪儿了
星星去哪儿了
时间又去哪了
明天呢
是否会问
太阳去哪儿了
月亮去哪儿了
长江黄河去哪儿了
还有故乡
还有山
山里的路
然而，这些都不让我伤感

想到那么一天
亲爱的女儿
独自来到我曾经的书房
想着我的模样
悄悄地问
爸爸去哪儿了?

2014.11.

红葡萄酒

厚重的苦涩
是厚皮加经年锤炼的丰富

2015.3.

你是……

你是
一束霞光
一株门前的青草
一朵鲜红的石榴花
一泓越洋的清流
一声无声的承诺
一种无悔的坚韧
一腔无私的情怀

你是
一杯清晨美式咖啡
一个自然的微笑
一阵北国的春风
一贴心灵的良方
一顿并不丰富的晚餐
一次精心准备的旅行
一个周密的计划
一意的倾心
一心的释放

你是

一首自由诗
一帧五月的风景
一首红梅赞歌
一个织就的伴手礼
一曲难忘的交响乐
一场不散的聚会
一串熟悉的流程

你是
一段无悔的青春
一段悲欢离合的历史
一曲奋斗者之歌
一个印记
一声叹息
一辈子的邂逅
一生的回忆

你是
一颗掌上明珠
也是
那一滴不会落下的泪珠

2015.4.

2020.3.20

工作狂

如果生活是为了工作
工作就是一种生活状态

2015.4.

礼物

送你一个梦想
并让它变成我对你的希望

2015.12.

遐想

（由大学同学在朋友圈里发的夕阳照而抒怀）

如果
携手向晚
和你
沐浴余晖
并肩
踏歌长河
依偎
最后一道风景
我祈祷随日而落
沐浴大海
不再升起

2016.5.

长江边二首

（于江西九江。从小生长在长江边，有许多无法言语的感受，特别是30余年后看到的变迁，非常感伤）

其一

信念就是沉默而永恒的东流
浪漫已浓缩成携手和注目
昔日随你漂泊
激情升起在入海的时候
从不回头

其二

小时候
鹅卵石镶嵌在细细的沙里
北风裹着浪花在空中嬉戏
渔民拉网
鱼虾蹦跳
妈妈洗衣裳
我攀爬防洪堤
和
那座高高的礁石

而今
瓦砾夹杂着白色垃圾
渔民不再
鱼虾却成稀罕
妈妈熟练的用洗衣机
我不可再攀防洪堤
而那高高的礁石
竟淹没在细细的沙子里

是什么悄悄拿走了
我少年美丽的记忆?

2017.1.

心情

心如海一般沉寂
情如浪花般宣泄

2017.7.

失去

天空注定成空
如果没有日月星辰
大地注定贫瘠
如果没有江河山岳
灵魂注定死寂
如果没有阅读
明天注定黑暗
如果没有追求

还有什么不可以逝去
如果没有你

2017.8.

不要，什么都不

不要浪漫的借口
不要独奏
不要自由
不要没有牵挂的生活
也不要没有寂寞的活着
不再忘我
不再环顾
心也流泪
如倾如诉

2017.9.

天涯海角

（于海南三亚。注：传说“天涯”和“海角”这两块大石头是一对恋人，他们的爱情遭到各自族人的反对，殉情大海，化成巨石，永远守望）

为了永不分离
让生命伫立在海界天际
日复一日，巨澜滔天浊浪向空
年复一年，千帆过尽怒海惊风
你们心心相印互相注目
倾听依旧涛声归帆渔歌
是天上穿越亿年的点点星火
还是海面泛起的粼粼波光
让你们在寂寥的海天之间
如此安祥
是怎样的浪漫约定或悲怆故事
还是无奈的命运或心底的守望
让你们任海阔天高月移潮涌
选择磐石的坚强？

2018.1.

2020.1.20

新征程

（于广东深圳。2017.10离开上海到深圳，开始全新的工作和生活）

即使
芬芳萦绕
悠然唾手可得
我也要
越过斑斓
穿过荆棘
携手
属于我的那份忧伤
不惧舍弃
不畏艰难
相信
路的尽头一片湛蓝

生与死

为什么惧怕死亡
为什么要永生
如果生命注定就是
过程
就是光
没有死亡的生命
本就是一种死亡的形式
死亡赋予生命永恒的灵魂
和无奈的珍惜
生就是死
死就是永生

2018.4.

轻轻的思念

思念是唯一的付出
是喧嚣的白昼与阳光共舞的心旋
是沉静的黑夜和梦相随的情思
是近在咫尺的气息
是远在天涯的呼唤
是悄悄的叩求
是轻轻地抚摸
是渐渐地消失
默默地守候
是留在雪地不忍离去的脚印
是随风而逝的发梢余香
是泪流满面的喜悦
是喜悦过后的泪痕
是走不到尽头的后街
是总也不到站的长途汽车
是异国没有色彩的季节
是故乡流淌童趣的小溪
是抹不去的沟沟坎坎
是数不尽的鸿雁传书
人本是过客

何处才是归宿？
跌倒了，爬起来
总不会错

2018.5.

夏虫

蜻蜓点水
不是浮光掠影
是播下生命的种子

夏虫耗尽全部的光热
是寻觅
一起入秋的伴侣

百草奇葩丛中的蝶恋蜂迷
无不为爱而奔波不息

飞蛾扑火，又有何惧？
即便只为那如昙花一现的美丽

2018.6.

我遗失的梦

你是我遗失的梦
梦生在少年时候
从山脚走出
沾着橄榄的青涩

你是我遗失的梦
斜挎的书包
走弯的路
和
偶尔的回眸

你是我遗失的梦
曾经捏在指尖
曾经拥在心头
青葱年华
太阳也不热

你是我遗失的梦
人生仿佛纠错
子欲养而亲不候
走的远又如何

心安就是最好的报酬

你是我遗失的梦
梦断故乡
梦归何处

2018.7.

窗前观雨

(深圳的雨季可以很长，雨总是那样令人关注。在高楼上看着看着，渐渐出神入化)

滴滴
窗前
点点
地面
丝丝
成线
织就
水帘
……
淅淅沥沥的世界
迷迷糊糊的视线
倾泻的泪
流淌的思念

2018.8.

秋意

喧嚣中寻找那份寂静
倾听苍穹送来的微弱声音
闭目凝神
一个永恒的问
念莎松，
心有猛虎细嗅蔷薇
读顾城
望远如你去　看近似云来
最寂寞不过空灵
最悠闲莫如埃尘
秋意最最是茫然

2018.10.

9.21

（注：于美国卡罗拉州，亲家陪我过生日）

Second to last day of Virgo
The zodiac of perfection

Day of autumnal equinox
Day and night equal in duration

First day of fall
To northern hemisphere position

International Day of Peace
Hoping world is in coalition

Singing with tears on
Home away without noodle tradition

Life owes to my parents
Thanks need no celebration

2018.9.

也是孤单

脆弱如此无需解释
需要更有力的拥抱
未来的未知
也许令人却步
但不要放弃
不要委屈自己
也无需求全
成长在风雨之中
最美的风光在极地
夜幕还会悄悄落下
太阳明天依然升起
在远行的路上
需要一个旅伴

2019.1.

RKR 129
2020.2.17

春笋

（注：于广东深圳。位于深圳南山区前海湾的华润集团总部大厦“春笋”落成有感）

深根大地
孕育你注定坚忍的生命
撕心裂肺的阵痛
破土而出的喜悦
春雨中，卸下片片盔甲
节节向天而冲

注目星空出高洁情怀
阅尽百川成宽广胸膛
无动于雷暴云乱
淡泊在虹霓阳残

相遇从来不是偶然
驻足之地就不再是他乡
心的年轮即一切的过往
春的葱茏
冬的寂寒

海苍苍

人茫茫

兀立山海之间

何不是顶天立地好男儿？

2019.3.

为什么呵为什么

为什么呵为什么
无数次越过大洋
从来没有觉得这么遥远
无数次翻越高山
从来没有觉得这么不安
无数次梦醒他乡
从来没有这么迷茫
无数次星夜兼程
从来没有这么忧伤
无数次的挑战
无数次的梦想
无数次的呐喊
无数次的受伤
无数次的独来独往

为什么呵为什么
我的心呀
从来没有觉得这样孤单

2019.4.

礼物

我的生日
你送我一个
冷热交替的季节
包裹我困倦的双眼
在温度的起伏中
渐渐明亮
世界没有云翳
山峦没有距离
颤抖的琴弦
卷起心中层层涟漪
仿佛
把命运揣在手里

2019.9.

蜗牛的脚印

（教师节里写给教师的礼赞）

留下的足迹
点点弯弯
点点弯弯
不是步履蹒跚
是一次次战胜自己的挑战
是如苍鹰一般的飞翔

背负坚硬的行囊
何不是你不曾屈服的脊梁
重任如山
从不呻吟
也不慌不忙
柔软的身躯
何不是温柔的力量

匍匐前行就是谦卑的自豪
低调的勇敢
蜗居
也是移动的港湾

独立
是最简单的自在

方寸天地
你驰骋的疆场

2019.9.

回味

（于英国伦敦到香港的飞机上）

回味
回味往昔
如穿越历史执子之手
如超越梦想与子同袍
如穿透肌肤直面灵魂
如越过千山一览众小
如沐浴霞光
如翱翔天际
如漫步云端
如抚朝雾
如吻残红

往日的记忆
如人生
密码
书签
风铃
也如岁月的
累累瘢痕

2019.10.

2020.2.28

适度的饮酒

放大你的人性
却不会让你任性

2019.12.

牛郎织女

也是一种天真
也是一种好奇
我们用手指
丈量
夜空中
牛郎和织女间的距离

2019.12.

冠状幽灵

（新型冠状病毒爆发流行，吞噬许多生命，但相信人定战胜病毒）

随风悄然而至
没有脚印
没有身影

一路伪装一路疯狂
没有界限
没有悲怜

一道看不见的战线
没有疆场
没有硝烟

然而，
幽灵，一阵阵跃动
就一次次暴露你的行踪
暴露你的伎俩

人呵，一次次较量

终能找到你致命的要害

期盼
待到春日升起
待到春风拂面

幽灵将随风而逝
没有埃尘
没有声息

2020.2.

爱和忧愁

前者分享后计算和
后者分担后计算差

2020.2.

Spring Dream

（Together with Angelina）

The sky’s becoming bright
Mist covering the eyes of Snow White
The rising sun brings fresh light
Shining her pupils straight
Far and near comes Mr. right
Bursting in tears day and night
Hands in hands always tight
Where is the white knight
Whether the evil still in dark site
The knight no longer says good night
Yet, without the sweet heart
Let her walk till the shadow out of sight
Awaken thee shall be united

2020.2.

阳朔畅想

也许造物主遗失了色彩
也许天使撒落了手链
也许女娲抛洒了泪珠
也许嫦娥曾经人间邂逅
也许银河曾经地下
也许天地曾经杯葛

如果不是
怎能有你今天的秀甲天下？

如春笋点点
如秋实硕硕
如大地上的含苞欲放
如天空中的浮云悠悠
如母亲丰腴的胸脯
如父亲苍凉的额头
如山，仁心恒久
如水，智思泉涌
如我一柱矗立的诺言
如你一泓无言的情愫

2020.1.

泪眼和眼泪

泪眼含情
眼泪流露

2020.1.

风

风呵风，我
看到波涛汹涌
看到逆水行舟
却没有看见你

2020.2.

病毒

微小的基因加一副皮囊
却有开启人体细胞之门的钥匙

2020.2.

春天到了

晨曦从水中升起
漫洒在花开的世界里
花儿呼吸着滋润
绽放出芬芳
你自天而降
沾满雨露
携着晨风
一袭晨光
一步步走进我的春天里

2020.3.

2020.1.4

劲节

（注：喜欢江西画家章新农的竹画，人称“章竹”。苏轼“不可居无竹”，我很有同感）

破岩出土，哪有选择
向上冲天，何惧险阻
风雨侵蚀，冰雪雕镂
最美留痕，岁寒挚友

2020.3.

绿色，苦涩

躲不过的颜色
不会凋谢的花朵
走不出的春天
走不出的街
街上流动的青春年少
还有
看不见的啼声
看不见的苦涩

2020.3.

三月萤火

你那蓝晶灵般
闪烁的光
如狂草的字迹
隐隐约约的
在三角梅丛里

我呼吸到初夏的气息
在你燃烧的生命里
黑暗中有明亮
否极泰来
也许是你的传递

2020.3.

H.M.

很远，隔着大洋
很久，夜比冬天还长
很痛，伤心的泪藏不住
很安静，思念时
能听到脑细胞的忙乱

很无奈，分离是催化的成长
也是对曾经莽撞的补偿

2020.3.

想念鼓浪屿

在你的怀里
享受逃逸大都市的静谧
哪怕短暂到一个夜晚
一次呼吸
哪怕还不够远
还躲不过大都市的流光溢彩
行色匆匆
但还是满足
满足片刻的自由

片刻的自由
无拘无束
片刻的无产者
放下一切
一无所有
只要呼吸和热血流

片刻的自由
无拘无束
观高岭飞泉
听雨打芭蕉

看海看山和人潮
看树看书又喝茶
品尝美味佳肴
瘫软在沙滩上
倾听风语绵绵涛声如诉
欣赏波光粼粼阑珊灯火

片刻的自由
徜徉迷宫一样的街巷
踏步古老
窥探锈迹斑斑的历史
消失在流动的青春里
触摸星光
共鸣时代的脉动
沾染年轻的彩色

片刻的自由
可以放声高歌
可以无语簇拥
可以结朋交友
可以读书聊天
可以阳台上喝
浓浓橡木味道的葡萄酒

可以傻笑
可以泣哭
可以低沉
可以高亢
可以遗忘
可以梦想
可以隐身于
稍纵即逝的时光

片刻的自由呵
无拘无束
鼓浪屿，和你告别时候
恋恋不舍

2020.3.

马斯克的火星计划

移居火星也许需要时候
但当下需要这样的星火

2020.3.

清明2020

这不是一个注定要哭泣的日子
风却散发泪的盐分
树枝间低回着鸟语和呜咽

昨夜
乌云最终驱走了
忽隐忽现摇摇欲坠的半月

有备而来的雨呵
淅淅沥沥淅淅沥沥

不知停歇
不知停歇

又是一个迷蒙有凉意的晨
大地继续沉默

刚刚复苏的城市
喧闹戛然而止

无声无字的追思

悄悄流淌的河

遥远的村落
风中摇曳的老榕树
静静地守着乡土

母亲们嘶哑的祈求
游子努力的追逐

野地里
一只流浪狗

雨后
能听见低吟的悲歌

2020.4.

家

家是我的天地
劳作后
收获
一个又一个
无法替代的欣喜

2020.4.

2020.2.22

高士图

整个世界的折服
也不敌相敬如宾举案齐眉的顺从
最尊贵的礼仪
就是最最简单和原始的尊重

2020.4.

云和雨，你

我喜欢看云
　看得弥漫悠然
　　悠然得如烟如墨
　　　无拘无束

我喜欢看雨
　看得清晰透明
　　透明得如情如丝
　　　随风而至

我更喜欢看你
　看你秀发自然卷起
　　卷曲得如烟雨一般
　　　迷濛飘逸

2020.6.

十分钟的雨

倾城
　倾盆
　　又倾心
泄出来
　洒出来
　　流出来

空杯全然
不留一滴

冲破乌黑稠云
　冲走已经凋零的花瓣
　　也冲洗看不见尘埃的挡风玻璃
如银河落下
　如海底天上
　　如激荡的山洪

就十分钟的哭泣
还给天空原有的一片明净

2020.6.

科技园的蚕

雨后的春笋刺破天际
蜷缩的春茧在风中接着地气

春蚕呀，春蚕
你在哪里？

你是潮水般的车流
你是地铁口的排队长龙
你是十字路口期待的目光
你是大道上形色匆匆的身影
你是城市摇曳的流岚
你也是大厦彻夜不灭的灯火

春蚕呀，春蚕
到处都有你们的踪迹

海风阵阵潮汐起落
鱼儿在水中徜徉
偶尔，也有锦鲤独来独往
那是渔村变创新园的吉祥

四十年的梦想
四十年的沧桑
一个小小的圈
一个大大的海湾

2020.5.

镜头

何必采撷绽放的花瓣
泥土孕育出她的芬芳

何必收集跳跃的波光
浪花是大海激情歌唱

何必凝固十五的月光
皎洁原本在夜空徜徉

何必截断南山的流岚
山谷溪涧有风语林响

何必留下我的背影
在这弯弯的山路上

伟民诗集

黄头发飘起来

黄头发飘起来
　　　飘起来

飘起现代的色彩
　飘动流行的心情
　　飘荡风中的云彩
飘扬
　　飘扬心中的神采

黄头发飘起来
　　　　飘起来

飘起现代的生活
　飘动流行的人生
　　飘荡花蕊的芬芳
飘扬
　　飘扬心中的斑斓

黄头发飘起来
　　　　飘起来
　　　　　飘起来

2004.12.

垃圾桶

河中流动的泥沙
　空中飘扬的尘土
胸中隐藏的污垢
　脑海失调的音符
人海逆流的思潮
随流而动
　随风而扬
　　随心而播
染黄了双足
遮蔽了面颊
搅混了思想
使你、我、他
　带着满腿的黄泥
　　　满脸的灰尘
带着脑海的迷茫
随着那滚滚向前的洪流
东奔西突
　全无目标
　　无目标

黄泥好识、尘土好别

失音难调、逆流难校
黄泥和失音
尘土和逆流
交汇、杂混、揉搓成一团
随着那洪流滚滚而下
搅得你、我、他
　　全无了目标
只得本能地东奔西突
碰得满头满脸的
——灰头灰脸
变得连坐标也抛下
抛下了坐标
也抛下了心中的目标

灰头灰脸的
你、我、他呀
不能呀!
不能抛弃心中的目标
不能抛弃心中的坐标

灰头灰脸的
你、我、他呀
叫起你的兄弟
　叫起你的姐妹

　　叫起所有的你、我、他
将那黄泥剥进垃圾桶
将那尘土扫进垃圾痛
将那失音一丝一丝的校
将那思潮一层一层揭开
让那思潮的本色暴露在阳光下
将那失音、思潮放进倒进
——垃圾桶

灰头灰脸的
你、我、他呀
叫起你的兄弟
　叫起你的姐妹
　　叫起所有的你、我、他
建起、建起
过滤那种种失音
过滤那种种逆流
装尽黄泥
装尽尘土的
——垃圾桶

2004.12.

光

光——
射穿天空的蔚蓝
　抚摸柔水的波纹
　　投向遥遥的远山
　　　映衬古木沧桑

光——
泛着蔚蓝
　泛着橘红
　　泛着心中的颜色
射穿天空
　投入水底
　　显现沧桑

光——
华夏之光
　希望之光
泛着你心中的颜色

2005.2.

在天堂里等你

我的爱恋
你的梦幻
伴着激情的火焰
在天堂里相约

我的爱人
你的依恋
披带众神的光芒
在天堂里相约

春的激情
秋的甜美
荡起四季的步履
在天堂里相约

山风呼号
秋水涟漪
捎带蔚蓝的海
在天堂里相约

在春夏秋冬的每一天

在昼夜奔驰的每一刻
在日月相交的每一瞬
在天堂里等你

时间不详

双眸

你明亮的双眸
流出心灵的泉水
叮咚作响
穿透我的胸膛

你那明亮的双眸
时刻
在眼前
飘荡
充满妩媚
有万种风情
让我魂牵梦绕
你那明亮的双眸

时间不详

2020.2.14

登高听溪

游剪刀峡

登高
一路伴着溪声
倾听
倾听清澈和明亮

登高
去寻觅
山中的幽静
水中的变幻
色彩的斑斓
那一缕一缕阳光
穿透林中的树木
直射在溪流中
泛着耀眼的光亮
随着水波闪动
近看清澈而透明
远看印着山色的浓厚
川流的溪水呀
洗净巨石的年轮
展现千年的历史

那成长的历史

登高
沿着石阶而上
石阶铺着艰辛和曲折
溪水与年轮相伴
见证
时间、汗水、生命
铺就的登高之路

登高听溪
溪水告诉我
路——由人走出来
溪水告诉我
汗水和生命
铸就
攀登之路

2010.11.

梦想

我的梦
似我的情人
品茶时
她在脑海中浮现
端起碗
她在眼前幻动
与你交流时
我的灵魂
灵魂出窍
跑到情人的身边

我的梦
似我的情人
是我激情的源泉
澎湃不息
使得
茶饭不香
夜不能寐

我的梦
是

我的情人！

2010.11.

爱，不需要理由

爱不需要理由
爱不需要占有

爱，一旦固化
就变成了腐朽
腐朽的无药可救
你的爱似水
流动、流动
滋润每一寸干裂的土地
让土壤生长美丽的花朵
爱，一旦静止
就枯萎
枯萎地死亡

虽然
爱不需要理由
然而
为物质你要努力
努力奔波
为美丽你要创造
创造财富

在奔波和创造之中
爱不曾磨灭
不需要理由

你的爱不需要理由
它发端于你的身体
侵润身体细胞中
每一寸的芬芳
向大自然发散、发散

你的爱不需要理由
它来自于你的心里
是美丽、良知、道德的综合
在你血液中流动
流动怎样的美丽

你的爱不需要理由
它深藏在你的脑海中
没有教化
不需训斥
是信仰
信仰的力量
让你的爱不需要理由

你的爱不需要理由
也不需要占有

2013.2

深山红叶

深山红叶香锁涧
艳红只照溪水流
来年化腐润根深
把持嫩叶向春天

2006.2.

雪舞银花

雪舞银花满天飞，
欲盖遍地墨痕黑。
无奈世人心迹狂，
复踏白雪寻梅去。

枉使银花飞世界，
留下白雪恨青天。
未把天地来留念，
只得作泪别人间。

2006.2.

再回首

再回首
往事如梦七十载
血腥风火晴雨

再回首
漫漫长路一恍惚
岔路、歧路何其多

再回首
七十岁前如今日
悄然掀开宏伟篇

再回首
几多往事
几多艰辛
换得亿万民心向党心
荣辱兴衰至高权

再回首
往事依旧如梦
渺渺茫茫心头路

何可忧

再回首
历史有过昨天
它还有今天和明天

1991.6.

2020.3.17

声音

沐浴在爱的河流
　云层遮蔽了紫色的斑点
雨水洗涤了尘垢
　阳光，焕发我的青春

沐浴在爱的长河
　尽情地
　　放肆地
享受爱的温暖

沐浴在爱的河流
　随心所欲地
　　无所顾忌地
品尝爱的硕果

沐浴在爱的水流
　随意地汲取
　　随意地抛弃
玷污爱的温暖
　　　爱的硕果

沐浴在爱的水中
却不知水已被污染
　　　　已浑浊不堪
玷污着我的身体
腐蚀着我的思想
　　却浑然不知
一个反对的声音响起
　　响起
警醒我的行为
　　警醒我的思想
警醒
　　警醒我的一切

我需要
需要反对的声音

2005.3.

依恋

读《九月桂花香》有感

离别，离别了老家
离别了依恋
盛满愁别

离别，离别了老屋
离别了温情
泪水模糊了视线

离别，离别了温馨
离别四溢的清香
失落那九月桂花香
在离别的季节

2005.3.

梦中的蝴蝶

梦中的蝴蝶
姗姗飘舞
在片片花瓣上
播撒花蕊的芬芳
传授花粉的甜蜜

梦中的蝴蝶
飞舞在七彩空间
舞在朵朵白云里
舞着簇簇花丛中

梦中的蝴蝶
带着色彩斑斓
飘落心头
似胸中的新娘

2005.3.

斜舞醉月

斜舞醉月
悲、悲、悲
悲世、悲生、悲死

斜舞醉月
恨、恨、恨
恨情、恨物、恨欲

斜舞醉月
怨、怨、怨
怨人、怨家、怨己

斜舞醉月
悲恨交加
怨永远
只得
斜舞醉月
醉月斜舞

2005.4.

无题

清晨鲜红的太阳
初照在苍老的无叶的树枝上
初生与苍老并存
诞生的那一刻
——与苍老相伴

时间不详

迷茫

天太大了，
我的心却很小。
用我的心去撞击天空，
发现了我的迷茫。

1990.9.

风飘来一叶花香

赠北京女孩

瞬间的、属于瞬间
永恒的、才是永恒。
磨灭不了那心中
温馨的芳香
经寒冬和酷暑
经空间和时间
那芳香益清淳
　　　益醉人。

1992.12.

云轩竹映

翻飞的云端
飘浮影影绰绰的仙轩
风摇的竹林
映演着修长
轩竹相映出
风和日丽的光彩

我飘在空中
品尝不了
轩的仙气
竹的修长

落在地上
我体味到
轩竹相映
的光彩
照亮我的胸膛

2005.12.

最后的疯狂

天空中飘着一片云彩
笼罩了大地的颜色
云彩过滤着太阳的光芒
倾泄金光
大地一片灿烂
群情一片激昂
灿烂和激昂向四周扩散、扩散
延展了欢快和信任
信任的力量抛弃所有制度
制度的约束力

云彩摸透了、洞穿了
大地的颜色
适时地过滤成——灰色
大地渐显白、灰、黑
灰色的感觉在发酵、发酵
裂变成漆黑一片
锁着太阳的光芒
黑暗在大地上横行
——横行
演变成最后的疯狂

天空中飘着一片云彩
挑选太阳的光亮
过滤不同的颜色
发酵了、扩散了
成就了最后的疯狂

2006.1.

2020.2.25

观心

白云依黛山
风静水无波
匆匆行人驻
清心风自静

风起波光耀
云飘空山里
匆匆人行急
只因心风起

1990.6.

紫藤

带着紫色
裹着淡淡的忧伤
缠绕生活
生活的序列
似藤
沿墙攀附
似水
随渠走流
步履是那样
飘荡
缠着藤
带着颜色
暗含落寞的伤感
似那紫藤般的生活

2006.12.

等待玫瑰

冬天等待

　　春天的花蕾

播种等待

　　收获的季节

情人等待玫瑰

　　等待火红的烈焰

烈焰，烈焰的激荡

激荡心扉中的花蕊

一簇簇

　　火红

一簇簇

　　烈焰

熔化胸中的蜜汁

让甜蜜

在旷野中四射

催开心中的花蕊

等待玫瑰

——等待玫瑰的烈焰

2006.2.书写

2020.7.修改

眼睛

遇见一双美丽的眼睛
会说话的眼睛
含着一汪清澈
一湾柔情
诉说心底对你的感觉
对你的理解
用美丽的眼睛告诉你
我知道
知道你的语言
　　你的快乐
　　你的痛苦
知道
知道你的欲望
　　你身体所承载的所有
包括美丽和丑陋

那美丽的眼睛
在一片片
一摞摞滚滚红尘中
蒙上
一层薄薄灰尘

让明亮变得飘忽与闪烁
努力隐藏着
那言语的真实
面对
面对红尘中的
阴谋、欺诈、伤害与卑鄙
将会说话的眼睛
眼睛的语言
那真实的话语
隐藏在温柔的目光中

我遇见一双美丽的眼睛
它的柔情和清澈
——永藏心底

2010.10.

感觉

感觉
是
眼中的色彩
口中的甜蜜
手中的温度
心中的跳动
是
埋藏在胸中的涌动

有感觉
一切都美好
无感觉
一切都腐败
感觉！
感觉为我而生存
我为感觉而生活

感觉
是我的
拥在怀中
感觉

不是我的
在心间漂泊、淡泊而去
哪怕那
片刻的温柔
哪怕那
瞬间的心跳
只为感觉而生存

2010.10.

作诗求诗

读《爱情曾经来过》有感

你将心中的花瓣
一片片地揉碎
呈现在我的眼前

你将胸中的火焰
燃烧、燃烧再燃烧
直到我的心
也跟着憔悴

你将腹中的苦与甜
一点点
一丝丝
剥离
以致
可以看见每一滴鲜红

你将脑海中的梦幻
撕裂开
袒露在人间

你用你的诗
将我的心
带入你的灵魂

2010.11.

假如

2012年元月25日初三，中午永健宴请肖瑜及高中同学。席间建文等同学赞誉肖瑜的内容，和我对肖瑜的个人印象相当地吻合，因此触发了创作的灵感，写诗《假如》以记之。

少年生活的那一瞬
肖瑜
是天空中的
一颗星
照亮，夜晚同窗的窗帘
是的
少年的成长
沁润师长的汗水
饱蘸师长的心血
但肖瑜
那泛着微光的星
在少年们的头顶
在我们的星空
闪烁
吸引少年们向前
——再向前
让众多同窗受益终生！

今天
同学
分布祖国大地
是各自领域中的一颗星
照亮四周的天空
闪烁光芒
假如
在几颗星辰指引下
所有同窗演变成
天空中的那一颗
将一颗又一颗星辰
串联
起来
串联——起来
星空将一遍灿烂

那么——
孩子们哟
可以在宇宙中
自由飞翔!
在几颗星星地指引下
所有的同窗演变成
天空中的那一颗

一颗又一颗的星星
串联起来
将星空灿烂
天空一片光明

那么——
孩子们哟
可以在宇宙中
自由飞翔!

2012.1.

希望不死

读《闺阁柔风》有感

希望破灭
人就苍老了
追求失落
人就苍老了
精神荒芜
人就死亡了
我渴求你《闺阁柔风》
放飞我的苦
　放飞我的忆
　　放飞我的成长
　　　放飞我的年青
年青的心，永不苍老！永不死亡！

2005.2.

本

读《树立和落实科学发展观》有感

人是本
民是本
自然是本
一切的欢乐
一切的享受
一切的进步
一切的发展
来源于本

人是本
人的需要
人的发展
人的素质
人的生存权、发展权
　　求知权、知情权
　　认知权、发言权
　　选择权、放弃权
是所有政策、法规、法律、规范
之本源

民是本
政治家是民
企业家是民
公务员是民
……
工人是民
农民是民
流浪着的
漂泊着的
居无定所的人
也是民
所有的民合起一个家
这个家的名字叫国家
民是国家之本

自然是本
你吃的米
　饮的水
　穿的衣
　用的物
是人类智慧的创造
是自然对人类的恩赐
我们必须珍惜自然的恩赐

一意竭泽而渔
人类将面临
无米可吃
无水可饮
无衣可穿
无物可用

自然是本
——人类获得幸福之本
——人类谋求发展之源泉

2005.3.

风

一股风
是多么的清爽
又是多么的狂暴
带着春天的气息
夹杂着泥沙
吹向心头
吹向面颊
无法遮挡
它拂着你的面颊
沁入你的心田
是那样的无绪
叫你无从准备
去迎接，去接受
一股风
多么的清爽、多么的狂暴

2000.7.

2020.2.16

赠：朝阳女孩

你的名字是我的梦幻，
总像相识的那一刻，
酸甜的葡萄酒啊
只有慢慢地品尝。

你的名字是我的梦幻，
时间抹去的风尘，
突显那温馨的金色，
在记忆中闪光。

你的名字是我的梦幻，
就像那不眠的长夜，
激情似不停的泉水，
长久不衰。

你的名字是我的梦幻，
感觉就站在巨人的肩上。

2000.7.

同样的情

赠友人

一条小溪潺潺流动，
　　弹着快乐的曲调，
流过我的心田，
　　回荡在你的心间。

空旷的回音，
激起无限遐想。
　　好远、好远的地方，
　　有怎样、怎样的美丽。

循着回音的方向，
有着我的梦想——

时间不详

目光

似清贫的少年，
像抑郁的少女，
含着一丝凄凉
　　一份孤独
　　一份冷清。

时间不详

眼睛

没有说爱的甜言蜜语
没有谈情的山誓海盟。
眼神相会的刹那
其他一切都不能相容

那真情的眼神啊
　情、爱怎能包容。
一但眼神射出炽热
　它熔化一切。

时间不详

忆相识

不知有过多少旅行，
见过了多少次的陌生，
那曾有一瞬驻就的永恒

那是透明的
抽出一丝却有不尽

时间不详

无题

我的心扉是否已关闭
除了忧愁
再没有喜和悲
这激情

这创造的源泉
是否已枯竭

时间不详

时间

每一分、每一秒堆砌成历史的大夏
且越变越高
高处不胜寒
最先体会气候变化

可怜的今人们
并不知道自身的一分一秒
是为大夏加固基础
是在高处风光
还是顺着大夏的阶梯
　不见日月地往上爬

为什么要使用自己的一分一秒
就是因为有许多的不知道
还是他的确
　　——知道

1993.3.

2020.2.3

梦

紫色的梦
传递丁香的阵香
深深地吸一口
吐回到大自然
细雨渗进大地万物
清风弥漫了梦香
雨中人们拾回梦的意味
紫色的梦
传递丁香的阵香

1991.8.

岸

曙光出现在白方
寒冷的土地
竟孕育新的生机
是什么力量
巨大的力量哟
总把希望的种子播种
在寒冷的土地

1991.8.

太阳

我想做个诗人
记录漂浮不定的思绪
印证蹒跚的步履

在浩瀚的海中
诗人
寻找不了罗盘的方向
只随着风浪
大自然的风
大自然的浪
吹送到遥远的
　　陌生的地方

太阳升起又落下
昨天的太阳和今天的太阳
似乎不曾有两样
是什么使亘古的太阳
　　　升起又落下
　　　落下又升起
永远充满新鲜的光泽
却

激不起，诗人的灵感

1991.8.书写

2020.7.修改

走过

我走过丛林
阳光是多么地鲜艳

我走过山涧
草原是多么地广阔

我走过阳光
丛林是多么地阴凉

我走过草原、越过土地
心中涌起对山涧、河流的依恋

我走过属于我的路

1991.7.

忆

心纯得看见清澈底
总想洒脱到只有自己
像此时的小雨
给我朦胧而不是凄凉
虽然天空依旧晴朗
小雨不仅在心头
还在身旁淅沥

春光是我的心境
美丽哪有杂质
荣耀的花朵不有枯萎的忧虑
天空是阴是晴我心一样如此
没有超自然景象的诱惑力
我的心如自然，来去由自己

有了纯的——追求
怕沾染不净
却不知
　　有不是也有是
　　有是也有不是
心纯得看见清澈底

纯的追求

　　搅浑了清澈的底

1992.3.

深谷幽兰

在深深的群山中
藏着株株幽兰
散发阵阵馨香

在高高的山峦中
兰
没有树的参天
无法吸汲阳光的普照
却依然
依然照着自己的样子
生长
散发自己的幽香

在群山的山峦中
在万物的包含里
兰
载着轻柔的风
带着自己的幽香
飘进你的思
融入你那想

滋润了所有人的面容
焕发着世界容光

2005.11.

Haomanyin

2020.1.22

雪韵

雪踏着无声的足迹
将世界装饰
掩盖了众多黑暗
雪带着寒冷
侵蚀柔软的机体
毒杀害人的细菌
雪带着银装
铺满大地
显现所有的痕迹
让一切都逃不过雪的眼睛

雪踏着无声的足迹
呼唤
呼唤春天的来临

2005.11.

草原

千年草原走着牛羊
风吹草低起绿浪
浪起、浪落播天边
天地一色，绿蓝相间

千年草原骏马奔驰
踏着层层绿浪
穿梭在草地
行走于天边

千年草原养育粗犷
养育耿直
那一眼见不到头的是草原的雄心
那一眼就见到头的是草原的坦荡

千年草原飞翔了雄鹰
千年草原飞翔了雄鹰的心
比地要阔，比天要高
是雄鹰的心
是雄鹰的心

2005.12.

放飞心情

放飞心情
让它和空气相撞
……

忧郁的心情
幻想着自残
愤闷的思绪哟
渴望无情的杀戮
犹豫、彷徨的心绪
写在脸上
总想着
牵着你的手
同时
依附他的衣角
脚踏在一条船上
眼睛
看着另一条
忧郁、苦闷、彷徨、渴望……
交织成我的心情

放飞所有的心情

让它
和空气相撞
产生一系列化学反映
裂变成坦荡、关爱和疯狂

放飞我的心情
让它在空中飘荡
抚摸每一粒尘土
俯瞰世界加工厂
发现它的每一个蠕动
让心情和空气的化学反映
裂变成坦荡、关爱和疯狂

放飞心情
裂变成坦荡、关爱和疯狂

2005.12.书写
2005.12.修改

风轻云淡

应网友之邀用“风轻云淡”作诗，整整一个礼拜的时间我没有写其它的东西，一直想着这首诗歌，总是不知道从什么地方下手，中间出了三种方案都不满意，直到昨天晚上心中有了满意的底稿，早起作诗一首。

风儿（也）轻
云儿（也）淡
轻风荡着薄云
穿过我的胸膛
弥漫在空中飘扬

薄云驾着轻风
驰骋在心的田间
播撒快乐的种子
让快乐和幸福在胸中发芽
随着流动的血脉
传遍身体中的每一个细胞
让我的发梢
流动起
飘荡起
快乐的、幸福的音符

薄云穿过轻风

在心间跳跃

像闪电击穿身体的速度

在心灵与心灵之间

传播着快乐

让快乐的种子在所有人心间发芽

让快乐在风中、在云里

飘荡、飘荡……

弥漫四散

2005.12.

午夜星空

午夜星空
闪耀众星的光芒
照亮四周的黑暗

午夜的生活
流光溢彩
变幻众像的色彩
放纵那疲惫的心灵
充实精神的素养

午夜的天际
明暗相间
光影交替变化了众像
丰富了思想的智慧
填满睿智的人生

午夜的星空
众星闪耀着异彩
相连成片
铺就黑暗中的光彩
解放心灵中的

——迷茫

2005.12.

伤心的雨

天空飘着泪
洒满了我周身
冷

天空落着泪
淋湿沸腾的心
凉

天空在流泪
穿透身体的胸膛
悲

天上
　飘着无奈
　　落下伤心的雨

天上
　飘着伤心
　　落下伤心的雨

天上

　飘着悲悯
　　落下伤心的雨

天空
　飘着关怀
流下
　　流下伤心的泪

2005.12.

梧桐烟雨

梧桐叶下
射进了缕缕光亮
蒸腾了紫色的
飘柔着点点尘粒
透着清澈
透着混沌
梧桐叶下
升腾紫色的云褐
如烟
似雨

2006.1.

紫氣東來
丁酉夏月

后记 · AFTERWORD

哲学
严谨的语句
排列
缜密的逻辑
思考
生命的源起
生命的演绎
生命之终极

诗
记录感觉
宣泄情绪
锁定
锁定飘忽的瞬间的幽灵般的瞬间

诗
记录个体的独立的特有的

感觉
你的感觉
宣泄同类的社会的集体的
情绪
洪水般的情绪
记录、宣泄、锁定
那飘忽的似青烟般的思绪
锁定瞬间的哲理

诗
情绪、感觉、飘忽、青烟的哲学
追寻
追寻生命的本质

诗
追寻生命终极的拷问

胡伟民

2020 年 6 月 8 日于浔阳江畔